CANTIQUE IMPÉRIAL

OU

CHANT RELIGIEUX

DES FRANÇAIS.

CANTIQUE IMPÉRIAL

OU

CHANT RELIGIEUX

DES FRANÇAIS,

En reconnaissance des Victoires de Sa Majesté l'Empereur et Roi, et de la Grande Armée.

Par Joseph DEMAY,

PROFESSEUR DE LANGUES ANCIENNES, ÉLÈVE DE L'UNIVERSITÉ DE PARIS.

A PARIS,

Chez Madame Veuve RICHARD, Libraire, rue Hautefeuille, N°. 9.

1806.

HOMMAGE A DIEU,

PROTECTEUR

DU PEUPLE FRANÇAIS

ET DE

SON MAGNANIME EMPEREUR.

AUX AMIS

DE LA

PROSPÉRITÉ NATIONALE.

S_A Majesté l'Empereur et Roi ayant ordonné que le *Te Deum* serait chanté dans toutes les Églises de France, en actions de grâces des glorieuses Victoires qu'il a remportées, et ayant voulu rendre dans cette circonstance mémorable un hommage solemnel au Dieu des Armées, l'auteur de ces Stances a pensé que ses efforts pour faire passer dans notre langue les sentiments religieux exprimés dans le Cantique latin, auraient quelqu'intérêt pour tous

les Français, et particulièrement pour ceux
à qui la langue latine n'est pas familière.

Puissent tous les Lecteurs français, en re-
connaissant dans ces Stances les sentiments dont
ils sont animés, oublier la faiblesse du style,
pour applaudir au zèle qui a inspiré l'Auteur.

Puissent les pensées qu'il a puisées dans
son cœur n'être pas tout-à-fait indignes de la
majesté du sujet.

CANTIQUE IMPÉRIAL

OU

CHANT RELIGIEUX

DES FRANÇAIS;

En reconnaissance des Victoires de Sa Majesté l'Empereur et Roi, et de la Grande Armée.

~~~~~~~~~~~~~~

PARAPHRASE DU *TE DEUM*

EN STANCES FRANÇAISES.

Fuyez, dieux impuissants, vils enfants du délire !
Fuyez : l'homme affranchi ne connaît plus vos fers.
C'est toi, Dieu tout-puissant, soutien de cet empire,
Toi seul, que nous louons dans nos pieux concerts.

Te Deum laudamus, te Dominum confitemur.

Créateur éternel de toute la nature,
La nature t'appelle et son père et son roi.
Vois d'un œil paternel ton humble créature ;
L'univers prosterné s'abaisse devant toi.

Te Æternum Patrem omnis terra veneratur.
~~~~~~~~~~~~~~

Les cieux, les chérubins, les séraphins, les anges,
Les puissances, au pied de ton trône éclatant,
Par d'immortels accords célébrant tes louanges,
Font entendre sans fin cet immuable chant :

Tibi omnes angeli, tibi cœli et universæ potestates,
Tibi cherubim et seraphim incessabili voce procla-
mant :

Gloire au Dieu trois fois saint! gloire au Dieu des Armées!
Il combat dans les rangs des amis de la paix ;
Et des fiers oppresseurs les phalanges armées
Rentrent dans le néant sous ses terribles traits.

Sanctus, sanctus, sanctus Dominus Sabaoth !

Et la terre et les cieux sont remplis de ta gloire !
Des barbares en vain menaçaient tes enfants :
Devant nous a marché l'Ange de la Victoire ;
Son glaive a dissipé la ligue des tyrans.

Pleni sunt cœli et terra majestatis gloriæ tuæ.

Tes apôtres choisis, revêtus de ta gloire,
Tes prophètes sacrés, organes de ta loi,
Tes martyrs couronnés, dans leurs chants de victoire,
De te louer, grand Dieu, se disputent l'emploi.

Te gloriosus apostolorum chorus :
Te prophetarum laudabilis numerus :
Te martyrum candidatus laudat exercitus.

Sur ce globe, en tous lieux, l'Eglise universelle
A ta majesté sainte offre ses humbles vœux ;
Et dans l'immensité de ta gloire éternelle,
Sa voix pure se mêle aux chants des bienheureux.

Te per orbem terrarum sancta confitetur Ecclesia.

O père tout-puissant ! ton Eglise fidelle
Rend à ton fils unique un hommage éternel ;
Esprit consolateur, esprit saint, reçois d'elle,
A l'égal de tous deux, un culte solemnel.

Patrem immensæ majestatis,
Venerandum tuum verum et unicum filium,
Sanctum quoque paracletum spiritum.

Salut, Christ adoré ! Dieu vengeur, roi de gloire !
Étouffe des combats les germes renaissants ;
De toi vient la grandeur, de toi vient la victoire ;
Accueille l'hymne pur des cœurs reconnaissants.

Tu rex gloriæ, Christe.

Nos chants de tes bienfaits consacrent la mémoire,
Fils unique du père, éternel comme lui :
A ton peuple chéri conserve la victoire ;
Qui pourrait l'ébranler, quand il a ton appui ?

Tu patris sempiternus es filius.

Ton amour ineffable à l'erreur pose un terme ;
Dieu sauveur, tu deviens homme, pour l'affranchir :

D'une humble Vierge ainsi le chaste sein renferme
Le Dieu libérateur, qui daigna la choisir.

Tu ad liberandum suscepturus hominem,
Non horruisti Virginis uterum.

Divin triomphateur, c'est toi dont la puissance
A brisé de la mort l'aiguillon odieux :
C'est toi, qui du Très-Haut désarmant la vengeance,
Ouvris aux vrais croyants les royaumes des cieux.

Tu devicto mortis aculeo, aperuisti
Credentibus regna cœlorum.

La foi, de tes grandeurs dévoilant le mystère,
A dessillé nos yeux, et ton jour nous a lui :
A la droite de Dieu, dans la gloire du père,
Tu te sieds sur son trône, et règnes avec lui.

Tu ad dexteram Dei sedes in gloriâ patris.

O tardif repentir ! Jour fatal et terrible !
Prions, prosternons-nous au pied des saints autels ;
La foi parle : sa voix annonce qu'inflexible,
Un jour tu dois venir juger tous les mortels.

Iudex crederis esse venturus.

Désarme, Dieu clément, ta sévère justice ;
Tes serviteurs tremblants t'implorent à genoux.

Rachetés par ton sang, Dieu bon, sois-nous propice :
C'est ton sang précieux qui t'invoque pour nous.

Te ergò quaesumus, famulis tuis subveni,
Quos pretioso sanguine redemisti.

Quand nos ames sortant de leur prison mortelle,
Briseront de la chair les liens corrupteurs,
Réunis à tes saints dans ta gloire éternelle,
Admets-nous dans les rangs de tes adorateurs.

AEternâ fac cum famulis tuis in gloriâ numerari.

Si toujours des Français la foi fut le partage,
En nos aïeux soumis si tu vis tes enfants,
Ton peuple est à tes pieds ; bénis ton héritage,
Et que ce saint dépôt sauve leurs descendants.

Salvum fac populum tuum, Domine;
Et benedic haereditati tuae.

Que ta grâce toujours nous guide et nous gouverne,
Et devant le héros que tu rendis vainqueur,
Qu'à jamais tout fléchisse, ainsi qu'il se prosterne
Devant le Tout-Puissant qui dirige son cœur.

Et rege eos , et extolle illos usque in aeternum.

De ton peuple fidèle éternise la gloire !
Il chante tes grandeurs, humble et victorieux.
Te bénir, de tes dons consacrer la mémoire,
De chacun de nos jours est l'emploi glorieux.

Per singulos dies benedicimus te.

Célébrant tes bienfaits par d'éternels hommages,
Grand Dieu, nous t'adressons nos cantiques pieux ;
Nous louons ton saint nom, et la borne des âges
N'arrêtera jamais nos chants religieux.

*Et laudamus nomen tuum in saeculum et in sæculum
saeculi.*

Daigne nous embraser de tes célestes flammes,
Divin conservateur de toute pureté !
Dans ce jour solemnel, écarte de nos ames
Le venin que vomit la sombre impiété.

*Dignare, Domine, in die isto,
Sine peccato nos custodire.*

Lorsque nous gémissions, frappés par ta colère,
Nous t'implorions, Dieu bon, miséricordieux :
Lorsque nous triomphons sous ta main tutélaire,
Écoute de nos cœurs l'accent religieux !

Miserere nostri, Domine, miserere nostri.

Seigneur, en ton secours notre espoir fut le même,
Dans les jours de douleur et de calamité :
Des grâces, des succès, dispensateur suprême,
A notre espoir en toi mesure ta bonté.

*Fiat misericordia tua, Domine, super nos,
Quemadmodum speravimus in te.*

'Aux vœux de ton Élu que ta faveur réponde !
Il t'exprime en ces mots son hommage assidu :
C'est sur toi seul, grand Dieu, que mon espoir se fonde,
Et mon espoir jamais ne sera confondu.

In te, Domine, speravi; non confundar in aeternum.

DE L'IMPRIMERIE DE GUEFFIER.